쉴만한물가 시선집 28

욕지도 갈매기

김정석 제6시집

도서
출판 현대

목 차 _ Contents

1부_지킴이

목 차 _ Contents

2부_신의 소리

목 차 _ Contents

3부_거울

목 차 _ Contents

4부_주관자

목 차 _ Contents

5부_욕지도

목 차 _ Contents

6부_갈매기 노래

목 차 _ Contents

7부_그리움

목 차 _ Contents

8부_우체통

목 차 _ Contents

9부_배신자

1부 지킴이

지킴이

담을 높이 쌓고 철조망 치고
개를 매놓고 경비로 세우고
카메라를 설치해도 불안한 이세상

가정과 직장과 국가를 지키려고
첨단장비와 지능인력을 동원해도
국민의 생명과 자유가 위협 받고있는 이세상

평화와 질서와 공의와 정의가 진실을
도전과 파괴하는 바이러스와 세균 앞에
한수 높아야 지킬수 있는 이세상.

초침 앞에서

초침이
나의 머리를 희게 한다

초침이
나의 무능을 알게 한다

초침이
하늘 향해 두 손을 들게 했다.

기다림

내일은 오고 있는 날
내일은 오지 않는 날
올 수도 못 올 수도 있는 날

농부는 심은 것을 거둘 준비를 하고
신혼부부는 후손을 기다리는데
시간 되면 버스가 온다

밤 지나 해 가 돋듯이
기다림은 밝음만 오지 않고
어둠도 온다.

바이러스

세균과 바이러스와 미생물은
냄새도 모양도 소리도 없어
육안으로는 보이지 않는다

바람과 소리와 생각도 보이지 않으나
나타나는 것을 보고 느낀다
미세한 세력 앞에 인류가 떨고 산다

작은 구름 뒤에 오는 폭풍과
미세한 흔들림에 지진을 알고
미세한 소리에 천둥소리를 듣자.

잡초 1

세멘트 불록 틈에 둥지를 틀고
행인들이 밟아도 한여름을 버티면서
꽃피우고 열매 맺고 태양을 향해
두 팔 벌리고 활짝 웃는다

바람에 날려 떨어진 그곳에서
일생을 걸고 사랑받고 인정받는 대신
행인에게 짓밟혀도 자신의 자리를 지키는 것이
잡초의 본분이라

물결에 떠내려가 머문 그 자리와
소외된 곳을 차지하고 번성하고
때와 장소 관계없이 왕성해서 농부들을
땀 흘리게 해도 잡초는 금수강산 되게한다.

잡초 2

굽은 나무가 산을 지키고
잡초는 금수강산 되게한다

곤충과 짐승들이
자연이 되게 하고

침묵하는 국민이
나라를 지킨다.

자연 1

인간이 손대지 않아도
잘 유지 되고 존재한다

바위는 비바람과 세월 앞에도
묵묵히 자신의 자리를 지킨다

나무는 추위가 오면 입은 옷 다 벗어
뿌리를 덮어주고 알몸으로 버틴다

날 밝으면 새는 노래로 시작하고
배부르면 먹이를 주신 이에게 목청껏 노래한다

사람이 손 데지 않아도 때를 알고 자신을 알고
제자리와 본분 따라 자연이 되게 한다.

자연 2

도로가 있으면 교통경찰이 필요하고
숲과 바다는 바람 불면 소란 하다

공기가 맑으면 허파와
뇌와 눈을 맑게 하고 근육을 풀어 준다

권모술수와 통신과 언론이 없는 곳
시비와 경계와 간섭과 통제가 없고

넝쿨이 덮으면 당하기만 하는 자연
잡아먹고 뜯어 먹어야 사는 자

종교인 보다 신선하고 학자보다 고상한
자연 앞에 지혜로운 자가 교훈을 얻는다.

벳 고동

갈메기 울음소리에
뱃고동이 운다

날마다 그 소리 듣고
버림받은 애완견이 달려온다

오지 않은 님 생각에 돌아가는
배가 남긴 너울만 바라본다.

재난

2016년 9월 12일 7시 44 분에 경주 내남면에서
1차 지진 5.1 2차 8시 40분에 5.8의 강진이 발생해서
경주시민과 인근 시군 주민이 공포에 떨었다

지진과 태풍과 화산과 해일과 폭우는
지구촌에 끊임없이 발생하여
큰 파괴로 많은 피해를 입혔다

자연의 보복은 신의 응징일까?
재난 앞에 대책도 방법도 없이
당하기만 해야 하는 인간들

100키로 떨어진 김해와 진영에도 굉음소리와
종이 조각 같이 집이 흔들려 몸을 가눌 수 없는
황당한 시간이었다.

일급수 1

깊은 산속 계곡에
흐르는 물에는
일급수 고기가 산다

일급수가 3급수가 되면 청정 생명은 사라지고
오염 생명 들이 악명 높은 바이러스를 오염시켜
생명의 종말을 주도 한다

청정지역을 점령당한 생명 들이
활로가 보이지 않아 헐떡거리며
산 넘어 떠 있는 구름을 바라본다.

일급수 2

일급수에 이급수의 물이 유입되면
일급수의 살던 생명들이 헐떡거린다

비단옷과 번쩍이는 궁궐보다
돼지는 진흙에 노는 것이 행복하다

파리는 꿀보다 썩은 고기가 좋고
나비는 꿀을 찾아 끊임없이 날개 짓을 한다.

토종

말소리와 웃음소리를 들으면
토종 냄새가 나고
몸짓을 보면 뿌리가 보인다

기후와 토질과 비바람 불어도
뿌리 내려 꽃피우고
열매 맺는 강한 토종들

까마귀라도 고향에서 날아오면
피붙이 같아 흔들고 두드리고
짓밟고 비틀면 토종 피가 흐른다!

아침에 노래하는 새

알람 시계 처 럼 정한 시간 정한 장소에서
시키는 이가 없는데 노래를 부른다

똑같은 목소리로 똑같은 음정으로
변함없는 목소리와 같은 곡으로 부른다

모이 한번 준 일 없고 집 지을 때 보태 준거
없어도 아침마다 나를 위해 노래한다.

2부 신의 소리

낚시와 미끼

종류 따라 크기 따라 노는데 따라
미끼와 낚시와 줄이 달라야 한다

꾼들은 잡으려는 고기 따라
대처하고 적응한다

걸리면 때늦은 후회와 몸부림은
꾼들을 즐겁게 할뿐 내일은 없다.

고요와 소란

닭과 오리와 돼지 사육장은 소란하다
어린이와 청소년이 모인 곳과 시장도 그러하다

살아 있는 생명들은 소란하고
공동묘지는 고요하고 조용하다

꿈틀 거림과 소란은 생명의 증거요
고요와 어둠은 생명 떠난 증거이다.

열기와 냉기

뜨거운 열기는 산을 재로 만들고
사막을 만든다

냉기는 생명을 멈추게 하고
온기는 생명을 싹티워 꽃을 피운다

냉기로 멈춘 역사
온기로 재생한다.

허리케인

바람기둥이 출몰하여 연기를 펼친다
돌리고 돌리는 특기를 발휘하여
닥치는 데로 둘둘 말아서 휩쓸고 간다

막을 자도 멈출 자도 항거할 대책도 없이
당하기만 하는 현실 앞에 첨단장비와 권력도
인간의 힘은 무용지물이라

재난을 선포하고 대피뿐인 것을
땅이여 바다여 하늘이여
오 하나님! 무능한 인간이여.

신의 소리

시장에는 사고파는 자들로 소란하고
학교에는 선생과 학생 소리로 소란하다

산에는 나무가 흔들리는 바람 소리와
개울 물소리가 소란하다

고요하고 고요한 깊은 밤 깊은 계곡과
만물이 잠든 고요 속에 신의 소리가 들린다.

비바람이 불던 말 던

비가 오는 날 창가에 서서
지나가는 사람과 차량을 보며 눈물 짓는다

가을 아침 창가에서 구름 없는
맑은 하늘 바라보면 가슴이 설레 인다

병문안과 장례식과 옥중면회 가는 날은
눈과 가슴이 젖어 길이 보이지 않는다

사랑하는 이를 만나는 날과 그리운 이와
축제와 여행가는 날은 비바람이 불던 말 던.

낮에 해처럼

낮에 해처럼 밤에 달처럼
해와 달이 없는 밤의 별처럼

가뭄에 비처럼 공해 속에 산소처럼
사형수에게 사면처럼

사막에 오아시스처럼 배고픈 자에게 빵처럼
매인 자를 놓아주고 가친 자를 풀어 주자.

모두가 포기하면

농부가 힘든 다고 농사를 포기하면
무얼 먹고 살겠나?

사랑이 집 나갔다고 같이 집을 비우면
자식은 누가 키우고 가정은 누가 지키나?

일어나지 않은 일을 두려우면 할 일이 없나니
죽는 날까지 자신의 본분과 사명을 다하자.

가을의 노래

창공을 나르며 너울너울
춤을 추며 노래하는 황새처럼

뿌리를 내려 꽃피우고 열매 맺어 자손을 번창케
하신 이를 바람 따라 춤추며 노래하는 초목처럼

물결 따라 마음껏 자유를 누리게 하신 이를
파도 따라 춤추는 물고기처럼

땀 흘려 거둔 열매 입에 물고 미소짓는
농부와 함께 가을을 노래하자.

대신할 수 없는 것

일생 함께한 부부도 피붙이도
함께한 벗들도 대신 할수 없는 고통

소유와 기쁨과 슬픔은 나눌수 있으나
몸이 격는 아픔은 대신 할수 없나니

계획과 생각과 짐은 나눌 수 있으나
걸친 것 벗어놓고 가는 길 대신 갈수 없느니라.

찾아야 할 것

폭풍이 몰아치거든 피할 곳을 찾아라
맞 서는 것은 미련한 자가 하는 짓이다

사방이 막혀 앞뒤가 보이지 안커든
위를 바라보라 빛이 보이리라

머문 곳에 평안이 없거든
영원한 곳에 있는 참된 평안을 찾으라.

노래하고 춤추자

천군만마를 거느린 광명이
어둠을 몰아내고 일어나라고 외친다

파수병이 망대에서 잠자는 생명 들을 향해
새날이 왔다고 외친다

살아 있는 생명들아 옥문이 열리고
쇠사슬이 풀렸으니 노래하고 춤추자.

계절

눈 덮인 땅속에서 생명들이 꿈틀거린다
남풍 따라 찾아온 제비가 둥지를 틀고
새끼 와 함께 지지배배 노래한다

다음 세대를 위해
열기와 비바람을 견디며
자신의 세대를 위해 전념한다

냉기 따라 떨어진 낙엽이 딩굴 때
어미들이 떨고 멈춰 버린 생기들이
깊은 잠에 빠진다.

순리

음식을 성의 없이 대충 만든 자가
맛이 있게 해달라고 기도하고
독약을 마시고 살려 달라고 기도하지 마라

물고기가 날개를 단다고 새가 되고
돼지가 지느러미를 단다고
물고기가 되나?

창조자가 정한 데로 따름이 순리이고
질서이니 여자는 여자로 하늘과 바다와
육지의 만물은 지음 받은데로가 순리니라.

3부 거울

일장춘몽

자기 산도 자기 길도 아니면서
매일 왕래하고
자기 것도 아닌 만물을
보고 싶은 데로 다 보고 다닌다

말하는데 돈 안 든다고
하고 싶은 말 다 하고
잠자는데 돈 안 안 받는다고
자고 싶은 데로 다 잔다

솔로몬은 땅과 집과 수레와
하인과 병사를 원하는 데로 늘리고
많은 처첩들을 거느리고
부귀영화를 누린 것이 일장춘몽이라.

냉기

열기에 헐떡이던 생명 들이 냉기에 점령당해
병원을 찾아 냉기와 투쟁한다

냉기로 인한 바이러스가 허약한 부분을
공격하여 점령한다

곳곳에 견딜 수 없어 경계를 넘은 이들이
욕망의 무리에게 잡혀 알몸으로 떨고 있다.

꿈속에 부른 찬송

2018년 12월 12일 밤 10시에 잠자다가
소리 높여 주안에 있는 나에게 딴 근심 있으랴
4절 까지 찬송을 불렀다

나의 날을 위해 식음을 전폐하고 기도하려고
한 것은 수술 후 이상이 없다고 했으나
생사에 대해 너무 궁금했기 때문이었다

나의 날이 길는지 짧을런지 알 수 없으나
나의 전부가 숨에 달려 있고 지난날과 오는 날이
그의 은혜이기에 잠자다가 비몽사몽간에 부른 노래.

어쩌면 좋아

새처럼 날고 싶고
물고기처럼 헤엄 치고 싶을 때
이럴 때는 어쩌면 좋아

나는 늙고 싶지 않아
세월 따라가기 싫은데
이럴 때는 어쩌면 좋아

나는 네가 좋은데
너는 내가 싫다니
이럴 때는 어쩌면 좋아.

오늘도 나는

여보
비가 와요
비가 와도 나는 당신을
사랑해요

여보
눈이 와요
눈이 와도 내 사랑은
여전해요

여보
바람이 불어요
바람이 불어도
나는 당신 곁에 있을 겁니다.

장수의 복

아쉽고 아까움 때문에 수 천 년을
살고 싶을까? 병들면 고통 받고 신세 지면서
사는 것은 고통이더라

기껏 학교 가고 결혼하고 사업하고
자식 뒤 바라지 끝나면 뒷전으로 밀려나서
죽는 날을 기다리는 인생인데?

신이 정한 시한이 달라서 흘리는 눈물은 달라도
년 한이 다 하던지 왕성기에 끝나던지
그날이 오면 우리의 생은 여기까지라.

생명의 신비

자연에서 생명 들이 짝짓기를 하고
번식하고 유전함은 생명의 신비라

새가 삼킨 씨를 배설한 곳에서
싹 틔워 꽃피우고 열매 맺는다

흙이 쌓인 곳에 비가 오면 싹이 나고
생명들이 번성함은 생명의 신비라.

거울

웃는 모양 따라 웃고
화를 내는 모양 따라 화를 낸다

심은 대로 뿌린 대로 거두고
멀리 간만큼 돌아오는 길이 먼 인생길

죽정이 를 심고 꽃피기를 기다리지 말라
메아리는 들은데로 소리친다.

물방울이 모이듯이

티끌이 모여 태산을 이루고
물방울이 모여 강을 이룬다

한줌의 물은 힘이 없으나
바다물이 밀려오면 누가 막나

선과 진실과 공의와 정의를 기초로 삼고
사랑과 헌신을 쌓아 가면 살기 좋은 나라가 된다.

붙잡 을 수 없는 것

세월 따라 구름 따라 청춘도 가고
바람 따라 계절 따라 인생도 간다

헐떡이며 얻은 것도 식식거리며 지킨 것도
쌓아둔 보물들도 쓸모 가 없다

구름 따라 달 가듯이 강물 따라간 날들은
보이지 않아 붓잡을수 없느니라.

모든 이의 바램

모든 이의 바램은
공의와 정의와 진실과 사랑이
이 땅에 실행되는 것이다

모든 이의 바램은
분노와 욕망과 감정 따라 살지 않고
위로와 배려와 화평과 선을 따라 사는 것

남다른 풍요와 힘과 영향력으로
거느리고 지배하기를 모든 이의 바램이나
뜬구름을 붙들고 히죽거림이라.

4부 주관자

춤추는 여인

백년이 넘은 역사가 있는
김해교회는 지역에 최초의 모 교회라

어느 오후 예배 전 셋째 딸이 대원들과
찬양 인도 할때 뒷자리에 서서 춤추는 여인

그가 춤출 때 천사들도 함께
춤추는 그 장면이 내 눈과 심장을 적셨다.

비겁한자

비겁한 자는 남 탓하고
핑계 하고 책임지지 않는자

비겁한 자는 신뢰할수 없어
조직에 둘수 없는 변신의 명수

비겁한 자는 발붙일 곳이 없어
설 자리가 없다.

내가 버릴 것

쌓을수록 오래 둘수록 부패하는 것들과
갈수록 무거워지고 번거롭게 하는 소지품들

위장한 자존심과 가슴 깊은 곳에
머물고 있는 욕망과 감정과 습관들

먼 길을 가는 자는 갈수록 무거워 지는 것 들을
미련 없이 버리고 떠나라.

바람이 불면

바람이 불면
이슬이 내리지 않고

욕심과 감정이 깔린 길에는
다툼과 시비가 깔리고

꽃밭에는 벌 잡으러 개구리가 오고
개구리 잡으러 뱀이 온다.

그분 앞에만 서면

바닷가에 서서
아무리 소리 쳐도
나의 소리는 들리지 않는다

너의 가슴 앞에
내 가슴 다 열어 제치고
아무리 열어 봐도 견줄 수 없구나

춤추는 너의 즐거움과
화난 너 앞에만 서면
나는 왜 작아지는지 ?

주관자

땅의 조직과 지배와 통제를 받는 자들아
주인의 통치를 따르라

온전치 못한 스승과 지식인과 인생 안내자들아
영원한 스승이신 이에게 가르침과 인도를 받으라

어른들과 스승과 지도자와 통치자들아
너를 주관하는 자의 통제를 따르라.

그날은

세상에서 가장 먼 여행 가는 그날은
언제 온다는 약속 없이 떠나는 날이다

울수록 가슴이 차오르는 그 날은
세상에서 가장 큰 슬픈 날

바이러스가 몸의 세포를 다 죽이는 그날은
이 세상에서 제일 많이 아픈 날이다.

아까운 시간

사형 집행 전에 주어진 시간
2분은 연고자들에게 유언을 하고
2분은 자신을 돌아 보고
1분은 살았던 세상을 바라본 작가

돈과 권력과 지식으로 살수 없는 시간
하루와 일 년과 평생을 보내는 자들
돌아 오지 않고 돌아 갈수 없는 초침 앞에
초침은 분침과 시침과 함께 가지 않는다

년 월 일시 따라 세월이 가고
세월 따라 인생도 따라 가는데
빈 낙 씨에 입질을 기다리며
바다만 바라 보 는 허송세월 분초가 아까운 것을 !

행복

끝없는 공간이 그리운 것은
부딪침이 힘들어 서다

새는 자유롭게 날고
물에서 마음껏 헤엄치는 물고기

바닷물은 마실수록 갈증이 나는데
끊임없이 채워도 다 못 채우는 밥통

다 채우면 행복할까?

방콕의 여유

전국이 코로나 바이러스로 소란하다
정부가 나서서 출입을 제한한다

통행과 생산과 거래와 행사도 학교도
비대면만으로 통제 한다

노약자들은 통제가 힘들어도
방콕주민들은 여유로운 일상이라.

잠자는 에너지

바가지로 두레박으로 퍼 올리지 않고
모터로 퍼 올리면 대박이다

많은 에너지와 재능을 호미로 삽으로
캐내지 않고 굴삭기로 캐내면 대박이다

뇌와 심장에 묻혀 있는 에너지를
잘 갈고 다듬으면 명품과 명작이 된다.

문제의 답

모든 문제에 정답이 있는 책이 있으면
점술가나 학자에게 배울 필요 없고

만병 통 치약이 있으면
병원과 약국이 필요 없다

세상에 죄인이 없으면 법과 법관과
경찰과 군인과 교도소가 필요 없다

사람은 자연과 밤낮과 사시를 바꿀수 없고
하늘의 비바람과 번개를 좌우 할수 없다.

지친자 들이 머문곳

자유롭지 못한 환자들이
병상에서 퇴원을 기다린다

발길 끊긴 오지에서 심신이 지쳐
오솔길에 시선이 멈춘다.

십자가

십자가 지고 갈 때
얼마나 무거웠을까?

십자가에 못 박힐 때
얼마나 아팠 을까?

십자가는 못 박아 죽일
죄인을 처형하는 잔인한 형틀

눈길과 발길 없는 곳에 머문자가
멈춘 시계를 바라본다.

5부 욕지도

벼룩의 춤

벼룩은 뛸 공간만 있으면
뛰고 또 뛰면서 춤을 춘다

매미는 일주일 간 노래하기위해
칠년을 준비 한다

장미는 오월에 꽃피우기 위해
일 년을 기다린다.

삶의 가치

죽음 보다 더 큰 아픔이 없고
죽음보다 더 큰 슬픔이 없고
죽음 보다 더 힘든 것은 없다

죽음이 오면 온 나라와 세상이
나와 상관 없고 처자식도
소유와 의자와 모자도 그러하다

만나서 대화하고 왕래 하며
세상 소리 듣고 보는 것 보다
더 큰 보람과 행복한 가치는 없다

사랑하는 이들아 걷고 또 걸어라
해와 세상을 보며 사람을 만남이
신이 선물로 주신 가장 큰 은혜라.

위선자

누구에게나 가르치려는 자
세상 것 자기 것처럼 여기는 자
모든 것 다 할 수 있다고 여기는 자들

말하는 대로 생각대로 되지 않고
한 세대가 지나면 다른 세대가 오고
인간의 자랑은 꿈과 같은 것이라

뱀의 무리들과 카멜리온의 무리들
흙의 소산을 먹고 사는 자가
천사같이 신같이 위장하면 위선자라.

가거라 1

가거라 코로나야
너를 좋아할 사람은
아무도 없다 빨리 가거라

위성을 소아올린
과학자들아 그놈을 못 잡아
세상을 떨 게 하나

모양과 소리 없이
지 세상 같이 설치고 다녀도 약도
대책도 없어 당하기만 하는 인간

가거라 어서 빨리
온 세상은 다 너를 싫어하니까
어서 빨리 떠나거라.

축복

나를 만드신 것은 신의 축복
내가 사는 것은 신의 은혜

사람을 만나는 것은 신의 축복
사람을 아는 것은 신의 은혜

내가 움직는 것은 신의 축복
내원대로 하는 것은 신의 은혜.

나그네

고향 떠나 돌고 돌아
걸음을 멈추고
석양을 바라본다

치마끈에 매단 피붙이들
둥지 찾아 보내고
두 마리 새가 흔들리는 가지에서
꺼이꺼이 울어 댄다

지붕도 벗겨지고
창문도 흐려지고 기둥도 흔들리니
나그네 길은 여기 까지라.

심판

사건을 고발하면 증거와 증인을 확인하고
확인하고 사유를 변론 한후 심판 한다

오물이 쌓이면 세균과 기생충들이 우글거리고
물과 공기가 오염되면 생명 들이 오염된다

고장은 열로 알리고
형의 선고는 해결 방법이라.

내 아버지여

내 아버지여 일어나소서
아들이 왔나이다

아버지여 일어나셔서
한 말씀만 하소서

아버지여 일어나소서
딱 한 번만 보고 가겠습니다.

바닷가 민박1

약 개봉 산자락 바닷가 민박
한반도 남쪽 통영에서 떨어져 나간 한 조각
청정 해역 욕지도 바람과 구름이 노는 곳

세월이야 오고 가든 평온한 물고기 나라
길손들이 짐을 내려놓고 가족들과 우인들과
관광객들이 창밖에 그림 같은 바다를 바라본다

개선장군처럼 어둠을 물리치고 바다에서
해가 솟아오르면 뻐꾸기는 뒷산에서 노래하고
펼 처놓은 밥상 위에 갈매기가 춤추며 노래한다

넓은 주차장과 아늑한 침실과 깔끔한 주방과
여유로운 휴식공간을 80 넘은 노모가 일생을 바쳐
일군 바닷가 민박 그의 며느리가 길손을 맞이한다.

사랑과 미움

사랑할 때는 문제가 없는데
미워지면 모든 게 문제다

사랑은 관용과 이해와 배려가 있으나
미움은 분노와 시기와 질투가 발생한다

사랑은 기쁨과 감사가 따르지만
미움은 분노와 투쟁과 불행이 시작된다.

욕지도

통영항에서 30 키로 1시간 반
삼덕항에서 23키로 1시간 뱃길
육지에서 떨어져 나가 떠 있는 섬

9개의 유인도와 40여개 무인도에
관광객과 낚시광과 일상을 위한 자들이
매시간 왕래하는 배를 타고 드나든다

주민 위한 농협 수협 우체국 보건소
면사무소 파출소 초중학교와 5개 교회와
수퍼와 펜션과 식당에서 손님을 기다린다

초중학교를 졸업한 학생이 육지 고등학교 가면
취직하고 군에가고 결혼해서 욕지를 떠나가고
등 굽은 부모들과 갈메기 들이 욕지 섬을 지킨다.

욕지도 갈매기

아름다운 청정 욕지도 바다 주인 갈매기
파도 따라 춤추고 바람 따라 노래한다

통제와 조직도 없는 자유의 세계
시간과 계절과 기후의 제한 없는 갈매기

어선 따라 어장 따라 가족과 함께 식사를 하고
끼 욱 끼욱 노래하는 욕지도 갈매기.

화장터

상위에 놓인 관 앞에서 유족들이
콧물 눈물 흘리며 며칠 후 며칠 후
요단강 건너가 만나자고 훌쩍 거린다

아픔도 슬픔도 없는 곳으로 가시는 이를
그 목소리 들을 수 없고 그 얼굴 볼 수 없다고
슬프고 슬퍼 손수건을 적신다

화장실에 밀어 넣으면
맹렬한 불에 타는데 뜨겁다는
소리 한마디 들리지 않는다

아버지라 부를 수 없는 재봉지를 안고
인간관계와 인생사가 허무해서
높은 하늘 바라보며 비틀거린다.

6부 갈매기 노래

욕지도 고구마

엄동설한에 하우스 속에 파묻은 고구마
싹이나서 자라면 5월 중순부터 6월 중순까지
심어 120일이 지나면 제맛이 난다

해풍과 토질과 일조량과 기후가 맛을 내게 하여
육지 고구마보다 갑절 비싸 게 판매하고
심을 때나 켈 때는 초중학교는 가정 실습을 한다

선조로부터 양식으로 별미로
공해 시대 혈관과 성인병 예방과 시력에
도움 되는 별미로 관광객들이 선호하는 고구마.

이길 때까지

육식 동물들은 먹이를 물면
밥이 되기까지 놓지 않는다

절망과 역경과 고난과 맞서
이길 때까지 싸우자

이길 때까지 싸우지 않으면
살아 남을수 없는 경쟁 사회다.

녹슬지 마라

인간은 고난과 역경으로
갈고 또 갈면 녹 쓸지 않는다

소망을 가진 자는 갈 때 같이
비바람 앞에 꺾이지 않는다

사용하는 도구는 녹슬지 않고
살아 있는 물고기는 떠내려가지 않는다.

뱃머리 회집

도다리와 볼낙 과 돔이 몸값을 위해
어항에서 경주를 할 때
식도락가의 선택을 받는다

길손들의 식성 따라
신혼의 꿈을 안고 시작한 칼 잽 이가
입이 즐겁도록 솜씨를 발휘한다

쟁반 위에 먹음직스럽게 담긴 회와
입맞 돋구는 양념과 쌈과 매운탕이
침을 삼키게 하는 회가 욕지도의 별미라.

하늘이 우는 날

건기 철에 초식 동물들이
새끼들과 함께 운다

해일이 일어나 바다가 울고 있을 때
어쩔 줄 모르는 고기 떼가 바다와 함께 운다

하늘이 울고 땅이 우는 날 보금자리 떠난
동물과 곤충들이 안전지대가 없어 운다.

갈매기의 울음

하늘 높이 올라간 갈매기는 멀리서
밀려오는 태풍을 보고 울어 댄다

보금자리 떠나 돌 아 오지 않는 새끼를
기다리며 서럽게 울어 댄다

일등 항해사가 되어 효도를 다짐한
그 아들 생각에 높은 파도를 바라보며 끼욱 거린다.

종교의 이름으로

신의 축복이 크다는 미끼에 도취 된 자들이
종교의 이름으로 잔인하게 죄 없는 자들을 처형한다

아브라함의 자손이란 선 민 사상이
잔인한 방법으로 피의 역사를 이룬다

인간을 고통에서 구원하고 행복을 말하는 종교가
신의 이름으로 고통을 주는 것은 신의 뜻이 아니니라.

내가 떠난 뒤에

아들과 딸들아 내가 떠난 뒤에 울지 마라
못 해 준 것 많아도 그동안 너희들 곁에
머물게 하신 이에게 감사 하여라

여보 야 내가 떠난 뒤에 울지 마라
그간 삶을 힘들게 해서 미안했다 나눈 정 생각하고
자식들과 잘 지내다가 나 있는 곳으로 오너라 기다릴께

친구야 내가 떠난 뒤에 울지 마라
내가 죽어도 세상 사람 모두 다 슬퍼하지 않더라
건강하게 잘 살다가 훗날 그곳에서 만나자.

인생을 알려면

알몸이 되 보지 않았거든
가난을 말하지 말고
사막에서 해맨 적 없으면
물의 소 중 함을 말하지 마라

포승줄에 묶여 끌려가서
칼잽이가 춤추는 형장에 가보지
않았거든 죽음의 공포를
말하지 마라

분초를 다투는 호흡곤란을
겪어 보지 않았으면
인생을 논하지 마라
생명은 그 숨에 있느니라.

승자의 비참함

굴복하라고 큰소리친 내 앞에
두 손 비비면서 잘못했다고 하는데
나는 왜 한없이 비참할까?

맞설 힘이 없고 살아남기 위해 엎드린 그가
정당하지 않는 소리 앞에 엎드린 모습이
나를 비겁하게 비참하게 하고 슬프게 했다

이기고 손해 보는 바보는 되지 말자
정의와 공의와 진실을 짓밟은 승리는
정당하지도 명예롭지도 못한 치욕이니라.

5월

산천은 초록 옷을 입고
장미는 붉은 옷을 입고 춤을 춘다

보리밭에서 종달새는 노래하고
찔레꽃 피는 언덕 위에서 뻐꾸기가 노래한다

목청껏 짝을 찾는 개구리 소리가
지친 농부들을 잠들게 한다.

나팔꽃 당신

당신이 머문 자리를 쳐다 본 자들이 많았는데
눈길 한번 주지 않고 나만 기다린 내 님이여

신의 축복인가 천생연분인가 님을 찾아
헤메다가 당신을 만남이 행운이로다

이렇게 황홀하고 아름답게 누가 만들었을까?
우리는 여름가뭄 오더라도 시들지 말자.

홀로 가는 인생길

티끌 모아 태산 이루고 물방울 모아
강물을 이루고 솔솔바람 모아 태풍을 만드신 이여

잡초를 모아 산을 이루신 이여 고통과 슬픔을
왜 나에게 쌓아 홀로 겪게 하십니까?

짝지어 자식 낳고 더불어 살게 하신 이여
좋은 세상에서 떠날 때는 왜 홀로 가게 하십니까?

7부 그리움

솟아 나는 샘물

말라가는 풀잎에 물방울 떨어지니
춤추고 노래하며 뿌리가 들썩인다

하늘이 닫히면 땅을 파도 물이 없고
물이 없으면 생명은 끝난다

솟아나는 샘물이 생명을 살리고 솟아나는
가슴의 젖이 인류의 생명을 이어 간다.

내 마음은

똥 싸고 오줌 싸고 때 쓰고 항거하고 대들고
화나게 해도 어미니는 품어 주는
어미 마음으로 너를 대하고 싶구나!

뿔로 떠받고 물어 뜯고 불러도 대답 없고
매질 해도 길들여지지 않는 짐승곁에 있는
목자의 마음으로 너를 대하고 싶구나!

가시나무에도 비를 내려 주시고 독사에게도 먹이를
주시는 이가 뜯어먹고 뺏겨 먹고 죽여도 그 대로
갚지 않으시는 하나님의 마음으로 너를 대하고 싶구나!

성탄절

화내고 탄식하고 절망하지 마라
기뻐하고 즐거워하는 날이니라

기뻐하고 즐거워하라
너를 위해 만민을 위해
구주가 나셨느니라

하늘에는 영광이요
땅에는 그를 맞이하는 이들에게
은혜와 평강의 날이니라.

평화

불 지른 자는 119 부르지 말고
칼을 갈면서 평화를 논하지 마라

막힌 장벽은 헐고 매듭은 풀고
가시 울타리는 걷고 평화를 논하라

평화를 원하거든 주린 원수를 먹여주고
떠는 자를 따뜻하게 한 뒤에 평화를 논하라

사랑 없는 평화는 사탄의 전술이요
칼을 버리고 평화를 논하라.

팥죽

배고파 죽더라도
독이든 팥죽은 먹지 마라
후회해도 때는 늦으리

명예와 소유와 권력을
팥죽과 바꾸지 마라
그들의 종이 되느니라

밥통을 정복 못 한 자는
자신을 정복 할수 없고
세상을 정복 할수 없느니라.

12월을 맞아

오늘 만나지 못하면 죽겠다는 자에게
나는 외친다 내일도 해가 뜬다고

금년에 할 일 다 못 했다는 이에게
나는 외친다 내일도 해가 뜬다고

오늘 먹고 마시고 죽자는 자에게
나는 외친다, 내일도 해가 뜬다.

명수

사탄은 하나님이 되면
생명을 좌우한다고 속삭였다

사탄은 인간의 약점을 알고
그 약점을 이용했다

사탄은 거짓의 조상이요
조작과 술수의 명수라.

생명의 신비

자연에서 생명 들이 짝 짖기를 하고
번식하고 유전함은 생명의 신비라

새가 삼킨 씨를 배설한 곳에서
삯 티워 꽃피우고 열매 맺는다

흙이 쌓인 곳에 비가 오면 삯이 나고
생명 들이 번성함은 생명의 신비라.

고독

고독은 독한 병이라
그병에 걸리면 세상도 세월도
꽃도 나비도 못 고친다

어차피 혼자 가는 인생길
대신 갈 자도 대신 할 자도 없으니
고독을 낙으로 삼고 즐겨라

거미와 귀뚜라미는
혼자 남을 때 까지 싸우는데
고독은 약자의 변명이니라.

감정

기쁜 날과 즐거움이
있는 날은 설레 인다

아픔과 힘든 일이 있는 날은
아프고 슬프다

폭우가 소다 지는 날과 꽃피고
새우는 날은 같은 감정이 아니다.

전도

씨를 뿌리는 것은
열매를 위함이라

열매 없는 무화과는
예수께서 저주하셨다

독신주의자와
동성애자들아

뿌리고 거두어라
결혼은 남녀가 하는 거다.

가을

가을아 잘 가거라
가거들랑 다시 오지 마라

가을아 잘 가거라
가는 거 네 마음이지

가을아 잘 가거라
나는 가슴이 식어 설렁하네

가을아 잘 가거라
북풍이 불 기전에.

시계

초침이
바쁘게 시침을 향해 달려간다

물레방아가
춘하추동을 돌린다

세상모르고 태어난 자가
그것도 모르고 자고 있다.

세월

세월이
의논하고 물어보고 가더냐

사람이
떠날 때 의논하고 가더냐

누가
언제 갈지 아는 이가 어디 있소?

8부 우체통

열정1

냉기는 설렁하게 하고
온기는 북적이게 한다

찬바람 나는 자 곁에 누가 가겠나
주변의 사람이 없음은 냉기의 연고라

온기는 꽃피우고 열매 맺게 하고
냉기는 꽃과 열매를 다 떨군다.

열정 2

죽은 자는
열기가 없다

열정은 산자의
가치이고 증거라

열정은 생명을 살리고
냉기는 생명을 죽인다.

시온의 노래

주권도 자유도 소유도 결정권도 없어
당하기만 한자가 자유를 외친 그 노래

누가 시온의 노래를 부를까
포로에서 해방된 자가 부른 그 노래

네 생물과 이십사 장로와 둘러선 천군 천사와
인 맞은 무리와 만물이 부른 시온의 노래.

우체통

나는
당신을 사랑했다는 편지를
보내고 기도하고 싶다

나는
너희들을 사랑했다는 편지를
보내고 싶다

나는
날 위해 죽으신 그에게
감사 한다고 전하고 싶다.

빛

CT, MRA등 첨단 기계가
땅속과 몸속을 들여다 본다

내장과 뇌의 상태가 어떤지
무엇이 들었는지 점검한다

전능자의 빛은 심장과 패부를
밝히 들여다 본다.

피서

영상 영하가 50도가 되면
무엇이 살아남을까?

더우면 파리 모기와 세균이 득실거리고
추우면 생명 들이 멈추고 떤다

피서 갈 때는 반드시 예외문제 발생을
대비하고 안전장비를 휴대하라.

출근길

해는 아침에
달과 별은 저녁에 출근 한다

나와 너와 우리는 태에서
나오는 날 세상에 출근한다

동물과 곤충은 초원이 왕성하면
그 어미가 머문 곳에서 첫 출근을 한다.

심판

법 종사자들아
죄인들에게 야단 치지마라
너는 그들 때문에 먹고 사느니라

하나님의 저울에 달아 보고
그의 자로 제 보면
누가 자유롭겠나?

심판대 앞에서면 우상 숭배자와
적그리스도 인과 하나님께 대든자가
누가 감히 그 앞에 서겠나, 심판하는 날.

노년은 아름다워

가을 단풍과 열매는
여름에는 볼 수 없다

가을 하늘과 바다는
여름에는 볼수 없다

가을 석양과 아침 노을은
여름에는 볼 수 없다.

나의 하나님

나의 하나님!
해와 달과 별과 바람과 구름을
내게 맡기시면 안됩니까?

땅과 바다와 사람과 그 안에 만물을
내게 맡기시면 안됩니까?

천국과 지옥을 보여 주시고 사람속과
장래 일을 알려 주시면 안됩니까?

평지에서

친구야
너와 나는 평지에서 만나자
처다 보게 하고 내려다보게 하면
친구가 아니다

여보야
너와 나는 평지에서 만나자
처다 보고 내려 다 보게 하면
부부가 아니다

오른 만큼 내려오고
내려간 만큼 올라가서
너와 나는 평지에서 만나자

예수는 뽕나무에 올라가
예수를 내려 다 보는 삭게오에게
평지에서 만나자고 하셨다.

바다

바다를 더럽히지 마라
바다가 더러워 지면
지구가 더러워 진다

바다를 화나게 하지 마라
바다가 화가 나면
총칼로 못 막는다

온 땅을 품고 생명을
살리는 바다에서
갈메기와 춤추며 노래 하자.

행복한자

웃고 사는 자가
행복한 자라

문안받는 자
행복한 자라

부축 받지 않고 걷고 자기 손으로
밥 떠먹는 자가 행복한 자라.

두려워 마라

세상이 소란하고 난리가 나고
산이 무너지고 바다가 넘쳐도
너는 두려워 마라

너를 협박하고 공격해도
전능자가 통제하시니
너는 두려워 마라

전능자가 창과 활을 꺽으시고
너를 안전하게 거하게 하시리니
너는 두려워 마라.

9부 배신자

사랑

사랑 없으면
무슨 재미로 사나?

사랑땜에 죽고
사는 자도 있는데

일생과 목숨을 걸
그 사랑 어디 없을까?

나를 위해 자신의 목을 건
그에게 내 일생과 내 목을 걸고 싶다.

바람아 구름아

바람과 구름아
너희들은 왜 손잡고 다니나?

바람과 구름아
비는 왜 대리고 댕기나?

바람아 구름아
힘을 모아 산천을 흔들지 마라.

대화방

머리가 병들면 몸도 고통 받고
가장이 비틀거리면 온 가족이 비틀 거린다

백성이 화가 나면 어디 가서
분을 풀고 평온을 찾나

나라를 다스리는 자들아 돌 맞기 전에
백성의 아우성에 귀를 기우려라.

은하수

어두 울수록 빛나는 것은
금 사라기 같은 별들이라

너의 나라는 너무 멀어 볼 수 없으나
너를 볼수 없는 날은 슬픈 날이다

훗날 내 사랑 손잡고 광선을 타고
너의 나라를 여행하고 싶구나.

소나무

육칠백 년을 산다는 너는
온 국민의 사랑을 받고

너의 잎과 순과 열매는 산소를
뿜어내어 건강의 도움을 주고

폭풍이 불어도 세월이 가도
금수강산을 지키는 나라의 보배라.

찬송가

지게 목발 작대기로 두들기며
아리랑 곡에 맞춰 선조들이 부른 찬송

잊을수 없는 그 감격
치마 자락 적시며 어미들이 부른 찬송

홍해를 건너 부른 승리의 노래와
다윗 부른 노래는 평화의 찬송이라

천국에 가서도 영원히 부를 찬송은
죽임 당한 어린양 예수라.

가로등

하이선이 나를 붙 잡고
춤출때 너무 좋아 돌고 흔들어
옷이 벗겨지고 신발 끈도 풀렸다

하이 선은 가로등도 좋아서
함께 춤추다가 지쳐서 쓰러저
두눈도 감았다

하이선의 춤 놀음에
사랑 놀이를 하던 꼬맹이 들의
즐거움이 물거품이 됐다.

하이선 –바다의 신 2020년에 활동한 10호태풍

어둠의 자식

어둠의 자식
지렁이 같은 놈아

빛을 등지고 가면
어둠이 너를 인도 한다

어둠의 자식들아
밝은 빛으로 나오너라.

꽃잎

터질듯한 가슴 내어놓고
바람 불면 춤추고 나비 오면 꿀을 주고
처 다 보면 웃어 주는 아름다움이여

너의 향기에 나비가 잠들고
너의 몸짓에 벌들이 몰려오고
나그네가 발길을 멈춘다

어쩌나 세월을 이기지 못해 땅에
떨어진 날개들이 비바람과 구름도 외면하니
개미 때가 장례를 치르는구나.

숫자

복권 숫자에 희비가 왕래하고
온라인에 뜬 숫자가 울고 웃게 한다

수인번호를 단 자는 판사가 내린
형량을 체워야 자유를 얻고

숫자 놀이에 노예가 된 자들은
그 수가 무너지면 하늘도 땅도 무너진다

숫자놀음 하다가 끝나는 인생
일과 백은 숫자일 뿐 숫자에 목메지 마라.

방심

세상사는 방심하면 치명타를 입는다
꽃다발 속에 감춘 비수를 경계 하라

곳곳에 그물을 치고 녹음기와 카메라를 달아
두 눈 부릅뜨고 출입을 검색한다

몸을 노리는 바이러스와 자리와 소유를
노리는 꾼들은 약점과 찬스를 노린다.

그리움

정든 님 이 떠난 욕지도에서
바다 위를 떠도는 갈메기를
바라 본다

구름이 바다를 덮어 마음 까지
어두운데 제비는 돌아갈 남쪽 하늘을
바라본다

일어나 밥 먹고 학교 가야지 하시던
그 어미가 그리운 날 뜬구름을
바라본다.

스트레스

그것도 모르나 그것도 못하나?
그것도 없나 이것은 공격이고
스트레스다

삼급수에 사는 물고기는 일급수에
살수 있어도 일급수에 사는 물고기는
삼급수에 살수 없다

하기 싫은 건 할수록 스트레스가 쌓이고
가기 싫은 길은 갈수록 스트레스다
하고 싶은 것 하면서 사는 게 행복이다.

쉴만한물가 시선집 28

욕지도 갈매기

김정석 제6시집

발행일 2024년 2월 17일

지은이 김정석
발행인 한희성
발행처 도서출판 현대
등록일 2020.08.25
주 소 서울시 종로구 대학로 3길 12, 2층
전 화 010-7919-1200 / 02-722-8989
이메일 hd7186@naver.com

ISBN 979-11-985358-2-5

정 가 15,000 원
편집 디자인 도서출판 현대